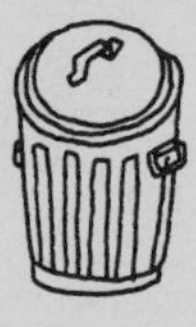
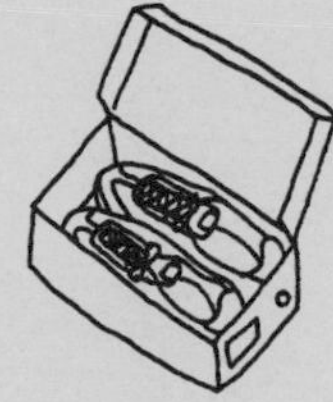
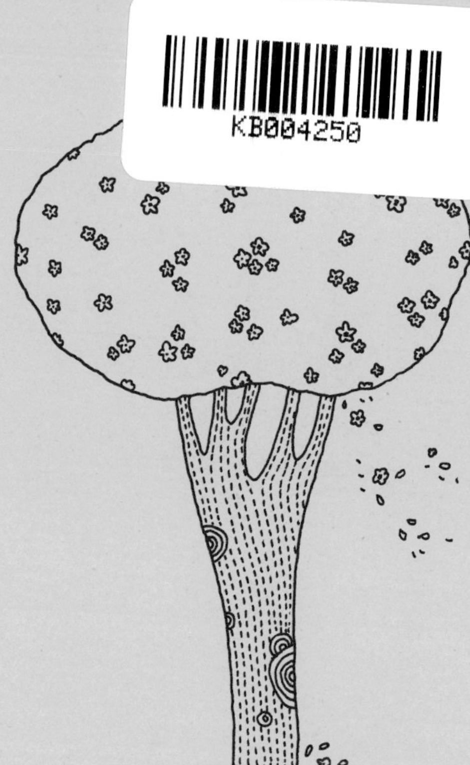

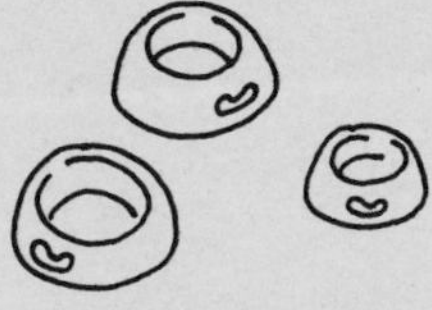

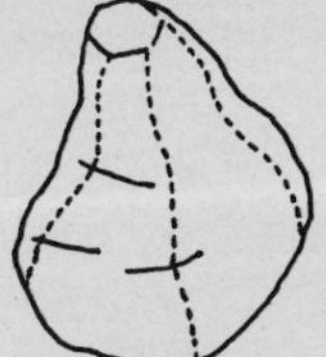
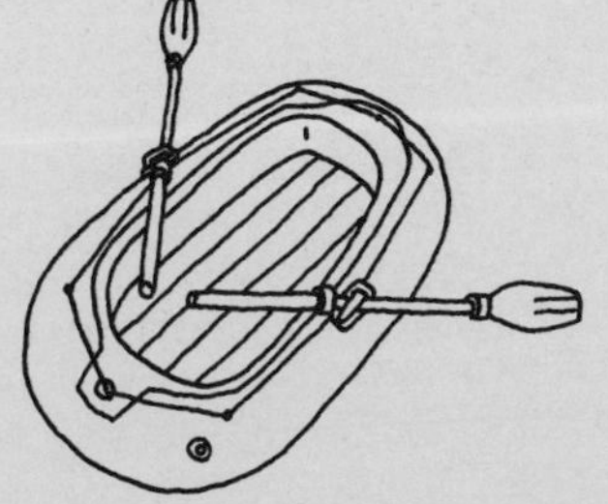

다시, 개를 그리다

다시, 개를 그리다

정우열 지음

동그람이

곰비에게
(1991–2009)

개와 함께 살면서 배운 세상을 담았다.
누군가는 연애를 하면서, 누군가는 아이를 키우면서,
또 누군가는 여행을 하면서 배웠을 것들이다.
같은 세상의 조금씩 다른 부분들, 어긋나고 겹쳐진 조각들.
그 배움이 모이고 덧대어져 이슥고 세상이 풍요로워지기를. 멍멍!

2014년 1월, 초판 서문.

소리와 풋코에게
(2002-2014, 2003-2023)

9년 만에 개정판을 냅니다.

그 사이 개들은 모두 제 곁을 떠났어요.
이런 날이 올 줄 몰랐던 건 아니지만,
아는 것과 실제로 겪는 건 또 좀 다른 법이죠.

만약 다시 그때로 돌아간다면 같은 선택을 할 수 있을까?

결말을 알면서도 매번 울고 웃으며 반복하는 이야기.
이제 이 책은 제게 그런 것이 되었습니다.
다들 각자의 방식으로 그렇게 하고 계시죠?

2023년 8월, 제주도 서귀포에서.

서귀포시중앙도서관

20년 만에
개 없는 사람이 되었습니다.

수영장에서
느긋하게 수영할 수 있고,
도서관에서 하루 종일
책을 읽을 수도 있습니다.
후우우웁-

탁
……

아직도
커피를 빨리
마시네?
…이제
기다리는 개도
없는데

……
아직은 그게
익숙하지가
않습니다.

개가 없다,
개가 없다,
개가 없다.

세상에는
나쁜 애도와
좋은 애도가
있대요.

나쁜 애도는
끊임없이 자책하면서
자신을 망가뜨리는
방식이고

풋코오~
아빠 왔다~
좋은 애도는,
행복했던 추억을 자꾸
꺼내서 나누는 거라고
하더라고요.

비록 개는 없지만,
겨울을 나는 다람쥐가
도토리를 잔뜩 모아두는 것처럼
쏴아아아아~

우리 안에는 개 없는 시절을
견딜 추억이 차고 넘칠 만큼
저장되어 있잖아요.
쏴아아-
헥헥
헥

이제 그걸
꺼내봅시다.

만화 차례

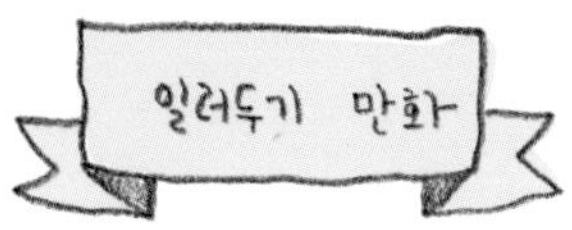

이게 접니다.

하지만 이렇게 칙칙한 캐릭터가
잔뜩 나오는 만화는 저로서도
영 보고 싶지가 않군요.

그래서 풀메이크업으로
요렇게…

그리는 건 아무래도 무리니까
요 정도로 해두었습니다.

일종의 기본형이랄까.

개들은 아무리 열심히 그려봐야
실물이 백만 배 더 아름답지요.

한쪽 귀가 접히고 꼬리가 긴 개 = 소리

두 귀가 번쩍 서 있고 꼬리가 짧은 개 = 풋코

테이블에 멋대로 올라가는 개와 안 그런 척하는 개.

고로케형 꼬리, 오징어튀김형 꼬리.

작은 발로 커다란 물결을 잘도 만들어냅니다. 과연 그 발로 장난감을 꺼낼 수도 있으려나.

결국 입으로 꺼내는 법을 터득. 눈을 뜨고 있는지 어떤지 궁금해서 잠이 오지 않습니다.

어느 날 갑자기

어려서
서울이지만 매우 시골스러운 집에서 살았는데,
마당엔 늘 개가 있었다.

그래서인지 그 후 수십 년간
개 없이 살았는데도 불구하고 항상 개를 좋아했고,
언젠가 꼭 내 손으로 키우겠다고 생각했었다.

하지만 그날은 너무도
갑자기 찾아왔다.

BINGO

수리

지인 A에게는 소리 이전에
'수리'라는 개가 있었다.

← 수리,
잭러셀테리어(♂)
처음 만났을 당시
방년 3개월

내게는 수리와의 작은 추억들이 있는데,
대표적인 건 내 손바닥 위에서 투신자살할 뻔한
그 개의 생명을 구한 일이다.

천방지축이라
아무리 높은 데서도
함부로 뛰어내려요.

수리는 나중에 지인 A의 사정으로
다른 곳으로 보내졌는데
거기서 얼마 못 살고 죽고 말았다.

수리는 못 지켰지만
소리는 내가 지켜주어야겠다고
생각했다.

↖ 소리,
폭스테리어(♀)
처음 데려왔을 때
방년 1세.

소리의 취미생활 중 하나는 꽃 냄새 맡기. 가끔은 와앙 뜯어먹어 버려요.

살금살금 다가가면 침착하게 기다리다가….

왕!!! (깜짝이야)

탄생

개를 키우면

개를 그리게 된다.

오전의 일광욕.

오후의 일광욕.

스누피와 조금 큰 우드스탁.

낮잠인가 고행인가.

친구

매일 홀로 집에 남겨져야 하는 개가
행복할 수 있을까?

↑
혼자 사는 직장인이
많은 우리 동네.
하루 종일 외로운 개들이
울어요.

재택근무자지만 놀러 다니느라
이따금 집을 비우는 나는,
소리의 외로움을 달래줄 개 친구가
필요하다고 생각했다.

↑
같이 놀러 다니면 제일 좋지만
늘 그럴 수는 없는 일이니까요.

마침 우리 집에 오기 얼마 전 소리는
알토란 같은 강아지 여섯 마리를 낳았는데,
그중 한 마리를 함께 데려오기로 했다.

함께 온 단미(가칭)는
여섯 중 가장 용맹한 강아지였다.

* 다른 강아지들은 꼬리 끝을 잘랐는데
얘만 빼먹어서 역설적으로
'단미'래요.

소리는 풋코를 쿠션으로 애용해요. 그 점에서 저와 소리는 경쟁관계입니다.

소리의 밀착이 부담스러운 풋코. 견디고 있습니다.

당겼다 놓으면 드드드드 진동하면서 길이가 줄어드는 어린이용 장난감.
오래 물고 있는 쪽이 드드드드를 맛보게 됩니다.

새로 구입한 먼지떨이. 성능이 시원찮아서 인간은 실망했지만 개들은 왠지 기뻐했습니다.

이런 용도로 산 건 아니었어요.

이별

데려온 지 3일 만에
단미가 죽었다.

둘째 날부터 토하고 설사하길 반복했는데
난 그게 뭘 의미하는지
전혀 몰랐다.
대체 왜 그러니? 뭐라도 좀 먹어야지!
미음

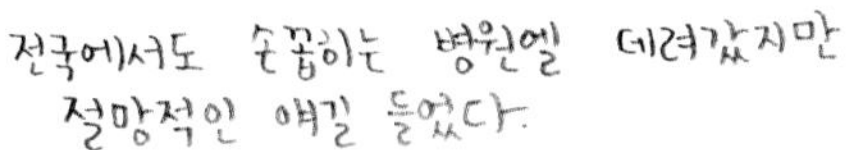
전국에서도 손꼽히는 병원엘 데려갔지만
절망적인 얘길 들었다.

파보장염이에요. 너무 늦게 오신 것 같아요...
??
그, 그게 뭐예요?

의사 선생님 말씀에 따라
일단 입원시키고 돌아왔는데
다음 날 전화가 왔다.

앙상한 몸으로 누워 있던 단미는
나를 알아보고 힘겹게 일어섰다.

개를 사랑한다고 우쭐해 있던 나는
실은 개에 대해서 아무것도 몰랐고,
그래서 무능한 바보천치얼뜨기 개주인
이었던 것이다.

단미 (가칭)
2003. 3. 31 - 2003. 5. 27
이름도 지어주지 못했다.

짧디짧았던 단미와의 시간들.

졸졸졸졸졸

멈칫

졸졸졸졸졸

멈칫

단 한번의 산책.

어느 날 갑자기 2

떠난 건
단미만이 아니었다.

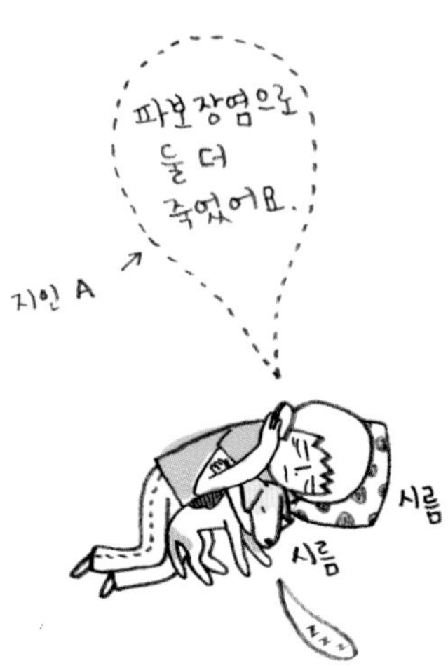

말없이 제 삶을 살아가는 소리가
쓸쓸해 보였던 건 어쩌면
그냥 내 기분 탓이었을지도 모른다.

얼마 후,
남은 셋 중 한 마리가
파양되어 돌아왔다는 소식을
들었다.

새 강아지는 오자마자 달려들어
거의 나오지도 않았을
엄마개의 젖을 빨았다.

나는 이내
번뇌에 빠졌다.

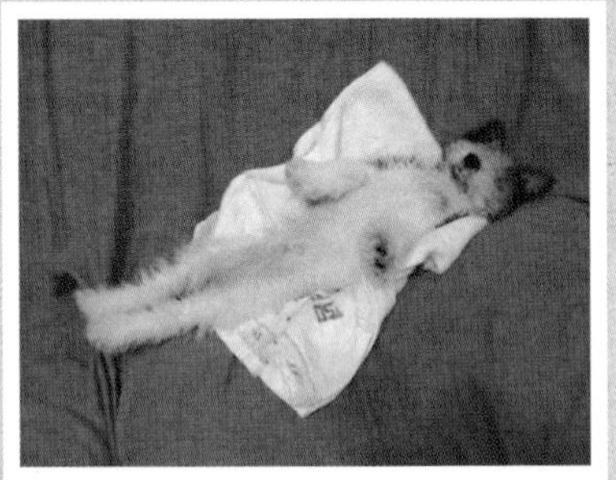

대체로 자는 꼴이 엉망진창.

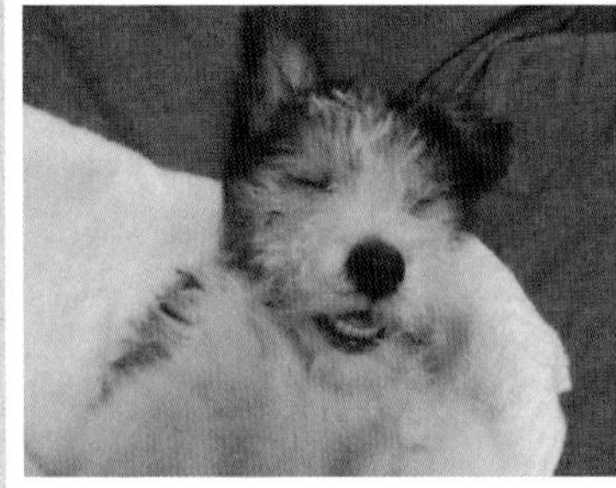

한 일 없이 고단해보입니다.

창밖 감상법 전수 중.

집을 비운 사이, 소리가 싱크대 위로 뛰어 올라 커다란 햄 한 덩어리를 탈취했어요. 덩달아 얻어먹은 풋코는 배가 터질 뻔.

부단한 노력으로 계단 오르기 스킬을 마스터.

하지만 내려오기 스킬은 아직 무리. 하루에도 몇 번씩 위층에서 강아지 우는 소리가 들렸습니다.

공격적인 식사 매너.

앉아서 기다리는 자세가 제법 의젓해졌어요.

풋코가 지참해온 개집. 머지않아 파괴될 운명.

작고 당당합니다.

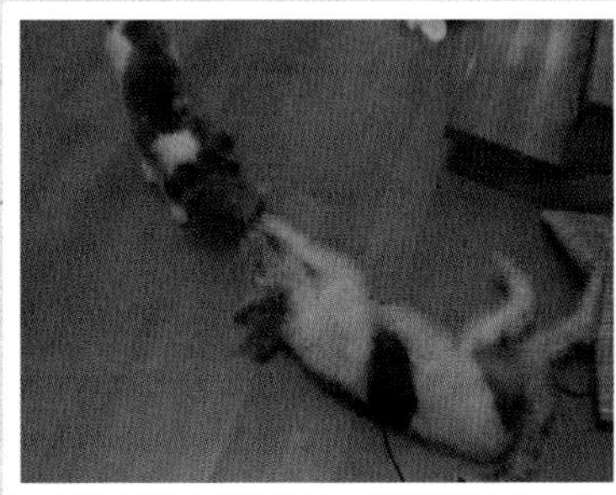

스파링 중.

산책은 즐거워.

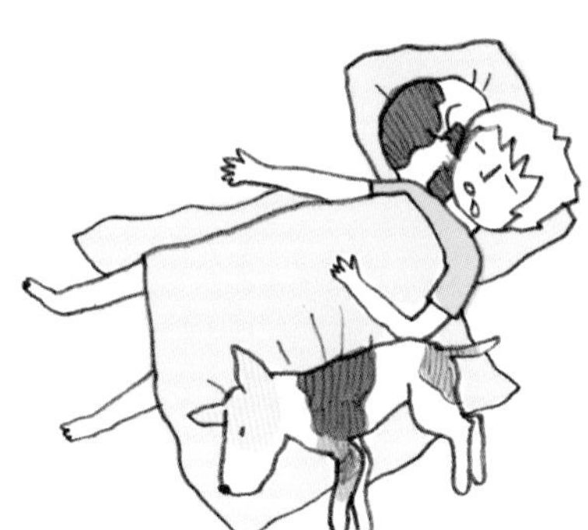

4개월 차 강아지의 신선한 발바닥. 말랑합니다.

뒷다리를 어딘가에 높이 기댄 채 자는 걸 좋아해요.

멍-. 아직은 영혼이 흐릿한 강아지.

청소년 풋코. 털갈이 후 어른스러운 털이 나기 시작했어요. 몸통도 제법 길쭉해지고 다리에 근육이 꽤 붙었습니다.

수건 사냥법 교육 중.

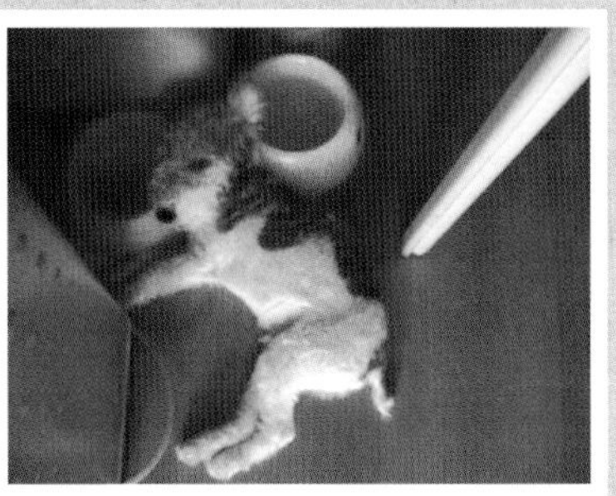

이 무렵 풋코는 밥에 몹시 집착했어요. 밥때가 되기 한참 전부터 그릇을 베고 자며 그 시간이 오기만을 학수고대.

계단 활용법 1.

뒤집기 연마는 꾸준히.

책장 밑에 들어간 공을 맹렬히 수색!

너무 맹렬해서 굴러나온 공을 미처 보지 못했습니다.

졸졸 따라다니며 왕왕왕! 육아는 역시 힘들어.

계단 활용법 2.

계단 활용법 3.

위아래 모두 감시하느라 바쁜 푯코.

경거망동

푸우우우우우
크르릉

와!와!!
와와와!
ㅋㅋㅋ

번쩍
너 단미니?
돌아온 거니?
나한테 한 번 더
기회 주려고?

미안...
실연했다.
단미
사진
으르르르릉

작은 눈, 큼직한 코.

세탁기 쟁탈전!

TV시청은 바른 자세로.

사람이든 개든 남의 몸에 밀착해서 자는 걸 좋아하는 소리.

풋코 등쌀에 잠시 피신 중인 소리.

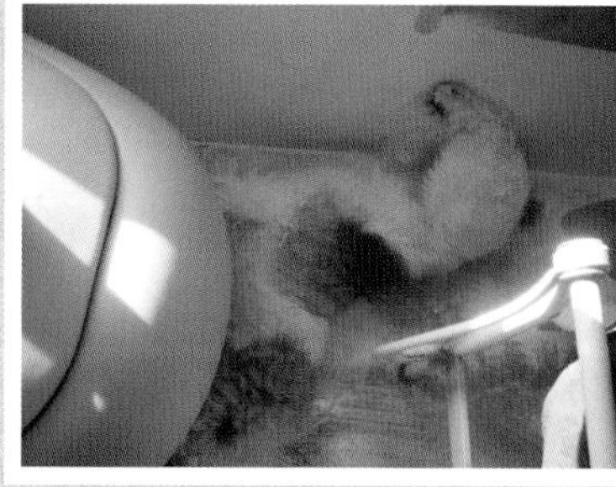
뒷다리를 어딘가에 높이 기댄 채 자는 걸 좋아해요 2.

급속도로 작아지는 개집.

붓으로 쓰고 싶은 꼬리

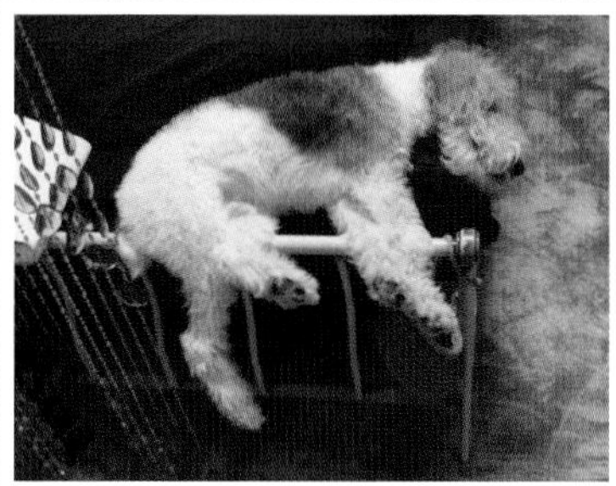

낮잠인가 고행인가 2.

석양이 지던 어느 날, 풋코가 문득 몸을 일으키더니 그윽한 얼굴로 먼 곳을 응시했어요. 그때 무엇을 보았는지 무슨 생각을 했는지는 아직도 미스터리.

새 집 장만(?)

어엿한 개가 되어가고 있습니다.

풋코, 방년 6개월.

소리, 방년 1년 5개월.

내 평생 가장 많이
받은 질문.

Q.

A. 와이어 폭스테리어입니다.
여우 사냥개지요.

개에 관한 사려 깊고 시적인 소개서 <세계의 명견들>
(데이비드 테일러, 시공사)에는 이렇게 소개되어 있다.

이 설명은 실생활에서
이런 형태로 나타난다.

① 고정관념과 개목줄은
얼마나 허약한 것인지 깨닫게 된다.

② 모르는 사람과 스스럼없이
대화를 나누게 된다.

③ 체력이 크게 증진된다.

④ 이론과 현실 사이의 괴리를 맛보게 된다.
와! 와! 와!
아악! 틀렸어!!
복종할 때까지 제지해야 한다지만 불가능해요.
⑤ 평범한 일상에 감사할 줄 알게 된다.
아아, 부러워… 끌려가지 않고 같이 걸어간다…
⑥ 전문가들의 불신과 기피의 대상이 된다 I.
하하하
깨갱
꽥
꽤액
깨갱
이 개가 집에선 얌전하다고요?
네! 정말 얌전해요!
정말입니다.

⑰ 전문가들의 불신과 기피의 대상이 된다 ㅠ.

⑱ 아이가 없어도 육아의 페이소스를 약간 맛보게 된다.

힘들게 '왜 그런 개를 키우느냐?'는 질문엔
이렇게 답한다.

실은 그래서 누군가 이 종을
키워보고 싶다고 문의해올 땐
좀 걱정이 된다.

하지만 일단 결정했다면 그다음엔
선택의 여지 같은 건 없는 것이다.

개도 고양이도 소도 돼지도 코끼리도
다들 사람처럼 풍부한 감정을 가진 동물.

이유도 모른 채 사랑하는 상대에게서 버려지는
개의 고통이 사람의 그것보다 작다고 말할 수
있을까?

분명 세상에는
개를 키우는 것 말고도 더 가치 있고 훌륭한
여러 가지 라이프 스타일이 있을 것이다.

하지만 개(와 고양이와 기타등등)와 함께 사는 것은, 우리의 삶은 어떻게 풍요로워질 수 있는지, 애정과 책임과 행복 간에는 무슨 관련이 있는지 배우며 살아가는 방법 중 한 가지인 것 같다.

'정이 많고 보호 본능도 강하지만…'

'평형 감각이 매우 뛰어나 다음 동작을 대비하여 완벽한 자세를 갖출 수 있다.'

<세계의 명견들> 폭스테리어 소개말 중에 특히 좋아하는 부분이에요.

* 물론 이제 견종 같은 거 연연하지 않는 게 좋겠죠.

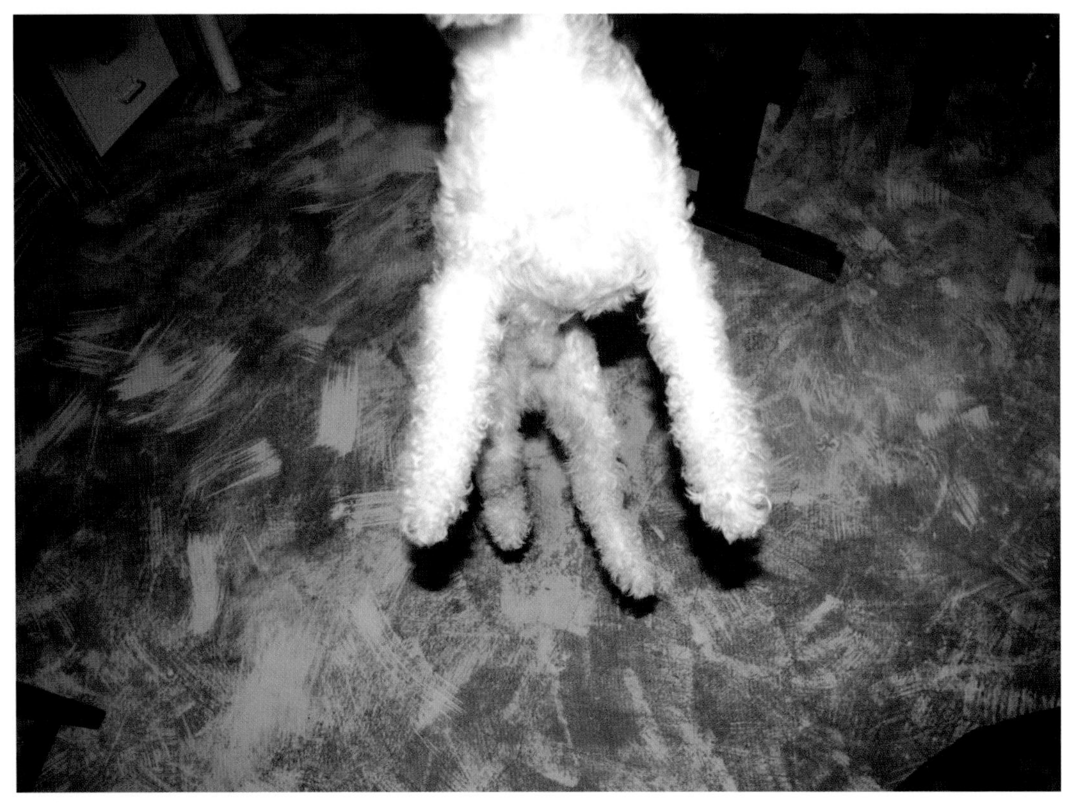

풋코의 수직 점프.

소리의 수평 점프.

층간(?) 소음에 너그러운 소리.

목욕

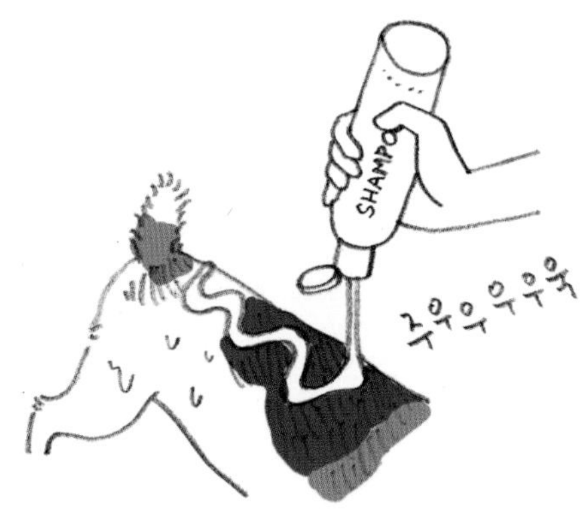
SHAMPOO
주우우우욱

실없는 농담.

기대 이상의 어울림.

기대 이상의 능력.

풋코가 가방에 들어갔길래 메보았어요. 소리는 부러워했습니다.

곤히 주무시길래 잠자리 좀 봐드렸습니다.

빨래를 담아야 할 바구니를 풋코가 차지했어요.
그래도 빨래를 담았습니다.

담요나 신문지 같은 걸로 터널을 만들면
자동으로 들어옵니다.

쿠션 솜을 넣어야 할 커버를 풋코가 차지했어요.
그냥 쿠션으로 써도 될 것 같습니다.

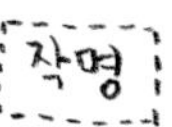

개 키우기의 초기 단계에는
넘기 어렵기로 소문난 양대 산맥이 있다.

① 배변 교육

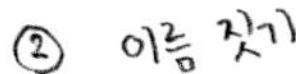

①은 몸은 고되도 알려진 방법에 따르다 보면
어찌어찌 해결되기 마련이지만,
②에는 어마어마한 창작의 고통이 따르는 것이다.

방 안을 서성거리다가 문득
책꽂이의 책 한 권이 눈에 들어왔다.

말과 사물
미셸 푸코…
말과 사물…

음 푸코
푸코 푸코
푸코…
푸코?

풋코는 그렇게 풋코가 되었다.

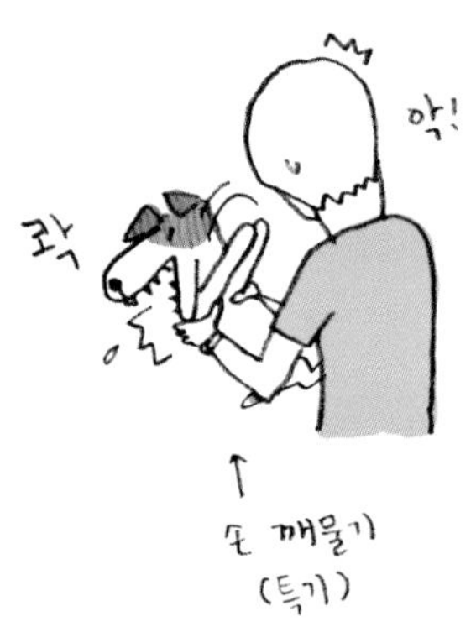

비 온 뒤 죽순처럼 쑥쑥 자라고 있습니다.

3개월 vs 14개월

6개월 vs 17개월

무료하다.

따분하다.

더럽다.

개의 마음

소리의 첫인상은
참으로 쾌활한 개라는 거였다.

* 아직 같이 살게 될 운명을
몰랐던 시절

낯선 사람을 몹시 좋아해서
지인 A로부터 내게 입양되어 올 때도
마냥 신이 나 있었다.

하지만 같이 살게 되면서 점차 이 개가 내게 온전히 마음을 열지 않고 있다는 걸 눈치채고 말았다.

유난히 '오빠'라는 말에 크게 반응했는데, 그게 소리에게 가장 큰 애정을 주었던 사람이 자주 쓰는 말이었다는 걸 나중에 알았다.

소리가 마음 깊이 숨겨둔 그리움을 극복하고
나를 새 보호자로 받아들이는 데에는
5년 남짓의 시간이 걸렸던 것 같다.

개를 키우다 사정이 여의치 않으면
남에게 줘버리는 일이 흔한데, 말을 안 해서 그렇지
유년시절을 함께한 보호자를 떠나는 일은
개에게도 상처를 남기는 것이다.

15년 이상
함께 살아갈 각오와
여건이 되는지 차근차근
생각해본 후 개를
키웁시다.

고양이 터널을 사주었습니다. 즉시 이용하는 소리, 신중을 기하는 풋코.

소리의 또 다른 취미는 일광욕. 커튼 걷는 기술이 화려합니다.

어떤 자세로든 숙면을 취할 수 있는 소리입니다.

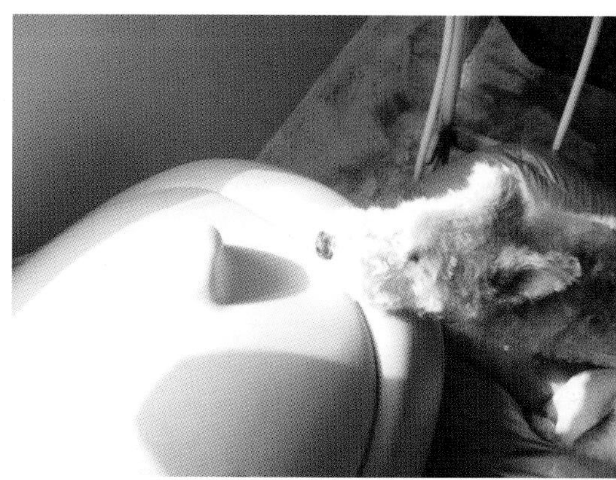

소파가 두 개지만 언제나 풋코 위에 합석하길 좋아하는 소리.

파업

소리가 시크하고 쿨한 개라면,
풋코는 애교 백만 단짜리 개다.

* 백만 단짜리 애교:
방정맞고 팔랑대는 일반 애교와는 정반대로
매우 은근해서 오래 겪어야만 눈치챌 수 있는
듬직한 애교.

푸코 평생 단 한 번의 애교 파업 시즌이 있었는데, 당시의 섭섭함은 지금도 잊기 어렵다.

몇 달간의 치료 끝에 푸코는 완쾌되었고,
맛있는 음식 공급이 재개되자
거둬들였던 애교를 다시 서서히 풀어놓았다.

빅 마우스 빌리 배스에게 노래 신청.
막상 노래가 시작되면 풋코 자신이 더 큰 소리로 열창합니다.

TV 시청에 몹시 방해가 됩니다.

풋코의 취미생활. 어떤 재미가 있는 건지 잘 모르겠지만.

그대로 잠들어버렸습니다.

푹코 탄신일.

상품 촬영에 협조 중.

소리는 만족했고 풋코는 부러워했어요.

소리는 키가 살짝 모자랍니다.

싱크로나이즈드 1.

싱크로나이즈드 2.

능숙합니다.

취침 중. 방해하지 마세요.

성미가 급해요.

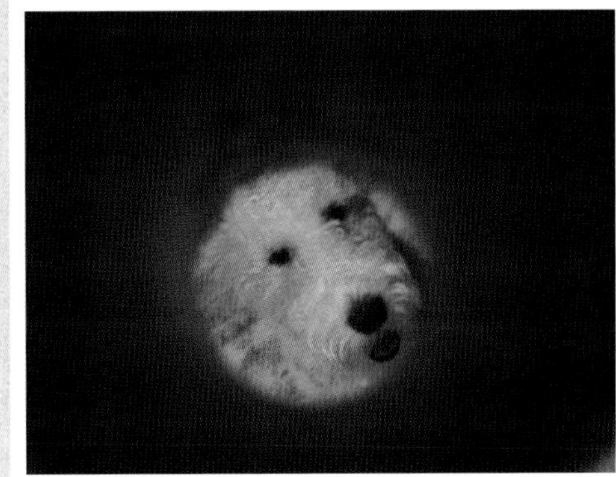

다 쓴 휴지의 종이심을 향해 점프 직전. 종이심은 곧 갈가리 찢길 운명.

소리가 합석을 제안했지만 풋코는 부담스러웠습니다.

풋코가 놀이를 제안했지만 소리는 짜증이 났어요.

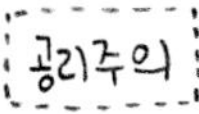

살다 보면 이따금 이전엔 몰랐던
신세계를 발견하게 될 때가 있다.

그다음에 사람은 두 종류로 나뉜다.

① 경험을 자신만의 것으로
한정짓는 사람.

② 경험을 세상으로
확장시켜보는 사람.

일부 애견인들과 애묘인들 사이에는
자신의 친구가 더 우월하다는
오랜 믿음 같은 게 존재하는데,
그건 어쩌면 ①처럼 생각한 결과가 아닐까?

누구나 사랑하는 존재가 생기면
그에게 잘 보이고 싶게 마련.

다른 이의 세계를 섣불리 예단하기보다는 존중하고 헤아릴 줄 아는 의젓한 모습을 우리 고양이들과 개들에게 보여주었으면 좋겠다.

비가 많이 오던 날,
아기 직박구리가 찾아와 구조 요청을 했습니다.

웹서핑과 트위터를 통해 조언을 얻어 임시 둥지를 마련한 다음,
동네 음습한 곳을 뒤져 벌레를 사냥해다 먹였어요.

다음 날 아침 들여다보니 아기 직박구리는 떠나고 없었습니다.
마음이 허전해 한동안 빈 둥지를 치우지 못했어요.

희생된 귀뚜라미, 나방, 파리 등등의 명복을 빕니다.
이제 와서 이런 말 해봐야 소용없겠지만.

사냥 본능이 강한 소리에겐 직박구리의 방문을 비밀로 했어요.

풋코의 놀이법. 해달인가 개인가.

대수색! 하지만 보다시피 장난감은 소파 밑에.

소리의 놀이법. 어디 한번 빼앗아보실까.

몽골의 영화감독으로부터 향을 선물받았습니다.
개가 먹을 줄은 몰랐겠죠.

사람이 그런 것처럼, 동물들도 저마다
크고 작은 질병과 더불어 살아간다.

소리를 데려올 때 여러 가지
개 용품이 따라왔는데, 그중 하나가
커다란 페트병 가득 든 피부병 약이었다.

소리의 피부는 그 후로도 줄곧
좋았다 나빴다를 반복해오고 있는데,
그보다 더 심각했던 건
귀 속에 간직했던 세균이었다.

도저히 받아들일 수가 없어
연속극에 나오는 시한부 주인공의 엄마처럼
의사 선생님께 간청을 해보았다.

참으로 실낱같은 대답이 돌아왔다.

그리고 그렇게 두 달쯤 지났을까.
의사 선생님은 말씀하셨다.

지금도 그때를 회상하며
소리에게 말하곤 한다.

그때 소리의 귀를 구해낸 일은
내 인생에서 손꼽히는 보람 중 하나다.

징검다리 따위 잠겨도 아랑곳하지 않아요. 멋있습니다.

소리의 밤 사랑.

소리 탄신일.

빼앗기지 않겠다.
(곧 빼앗김)

놓치지 않겠다.
(곧 놓침)

중성화 수술 후 수술부위가 잘 붙지 않아 재입원과 퇴원을 반복했어요. 안정과 빠른 회복을 위해 격리 수용 중.

격리 기간이 길어지자 슬슬 화가 나기 시작한 소리. 엉망으로 자라버린 털이 소리의 심리 상태를 말해주는 것 같죠.

끝내 흑화.

하지만 가까스로 완쾌. 마침내 일상과 미모를 되찾았어요.

인간의 반대를 무릅쓰고 재빨리 진흙에 몸을 비비는 데 성공한 풋코. 행복이란 무엇인가.

까만 동그라미가 하나 둘 셋 넷….

침대, 소파 다 놔두고 굳이 딱딱하고 좁은 의자에 눕느라 수고가 많으십니다.

들어갈 만한 곳엔 꼭 들어가봅니다.

길
무슨 개가
보호자를 피해
다니냐?
z
z
z

소리는 어쩐지 거실을 가로지르지 않고
구석으로 돌아서 다녀요.
이름하여 소릿길.

봄.

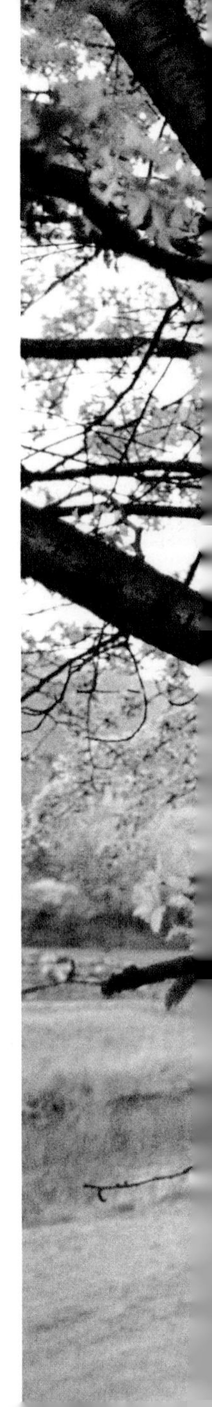

자각

어쩐지 그냥 개를 쳐다보고만 있어도 재밌다.

개를 끌어안고 뒹굴거리다
문득 생각해본다.

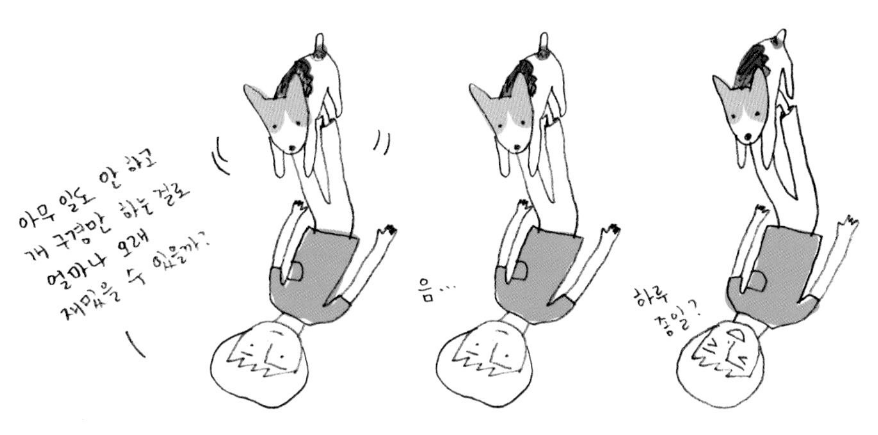

혹시 나는 개덕후인 것일까?

솜이불의 두툼한 주름이야말로 최상의 개 둥지.

풋코가 좋아하는 쇼윈도 놀이.
베란다에 앉아서 한동안 물끄러미 쳐다보곤 하는데
안쪽을 구경하는 건지 자신을 전시하는 건지
좀 헷갈려요.

얄미워라.

뭔데? 무슨 일인데?
하나가 창 밖을 보면 다른 하나도 덩달아 고개를 내밉니다.

오오우우우우~

바쁜 건 알겠는데 밥시간은 좀 지킵시다.

일광욕은 소중해.

분수대 난입의 목적.

동전이 없어서….

망상

개는 어느 날 문득
부숭부숭하고 작은 털뭉치로 사람에게 와서
마음을 온통 사로잡은 다음
서둘러 떠나버리는 존재다.

개와의 이별이 두려운 우리들은
그래서 망상에 빠지곤 하는 것이다.

5초 안에
대답 안 하면
선택권 박탈.
5, 4, 3, 2…
우와앙!!
알았어,
2번! 2번!
털썩
으아아앙
울먹
울먹

와아아아앙!

↑
이런 상상만으로도
순식간에 큰 슬픔에 빠져요.

개의 행복이란 이 세상의
아주 작은 부분에 지나지 않겠지만,
우리 개들이 내 곁에 있어주는 동안 그걸 위해서
좀 더 힘써야 할 것 같다.

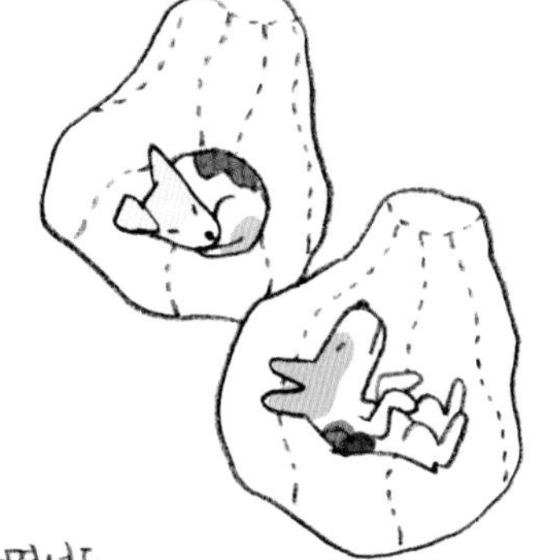

…라고 말은 하면서도
현실은 대개 이 모양.

로켓 발사.

'생태공원으로 조성하겠습니다.'

조금 허름하던 동네 산책로에 어느 날 현수막이 붙었습니다. 보나마나 세금 낭비일 거라고 혀를 찼지만 긴 공사 끝에 탄생한 것은 뜻밖에도 그야말로 자연미 넘치는 생태공원. 그 후로 개들도, 저도 제일 좋아하는 산책로가 되었어요.
삐딱하게 넘겨짚어서 죄송합니다.

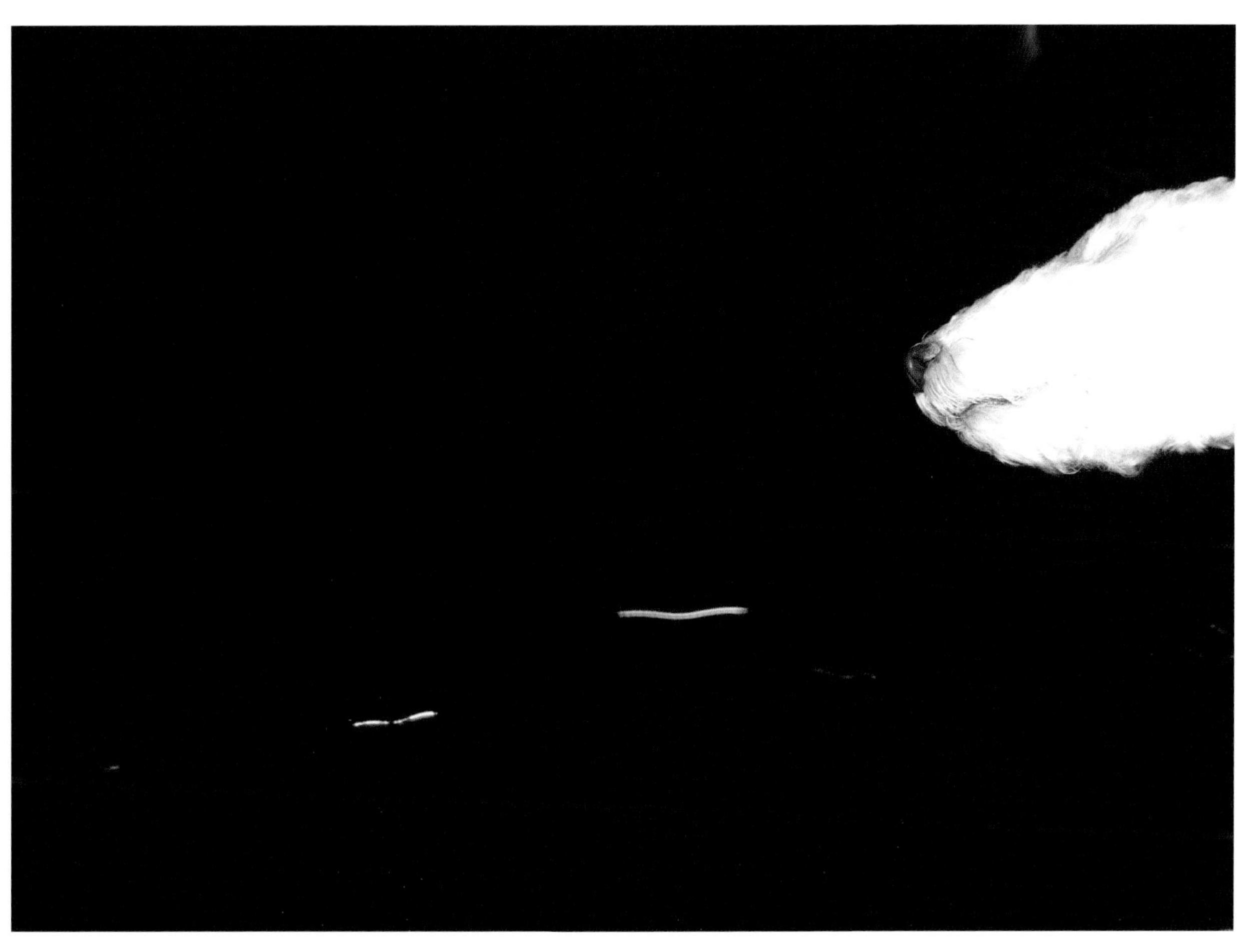

한밤의 드라이브.

망상 2

네 수명을 떼준다면
걔들에게 데려가는 걸 보류하지.
몇 년을 줄 텐가?
10년! …씩 주면
내가 20년이나 빨리
죽어야 하니까 곤란하고,
각각 5년씩 합이
10년?
아니 참, 근데
내가 몇 살까지
사는데?

강원도의 애견 펜션. 여행의 기쁨을 온 몸으로 표현하고 있는 소리.

퐁코는 기차놀이 삼매경.

어려운 시도. 끌내 풍덩 빠졌습니다.

텃밭에서 채소를 따고 있는데 어디선가 놀고 있던 소리가 찾아와주었습니다. 왠지 좀 감동.

펜션 수영장. 계곡물이라 한여름에도 심장이 멎고 손발이 얼어붙어요. 개들은 어떠려나.

산책을 나섰더니 당연하다는 듯 펜션의 개들이 우르르 동참했어요.
여기가 바로 개릉도원이구나.

혹시 뭐 재밌는 일 없나요?

오늘도 문전성시 풋코 쿠션.

장난감함에서 인형을 훔쳐 달아나는 중.
벅스 버니의 운명이 풍전등화.

저기 그거 고무줄인데.

오늘 한 인형이 짧은 생을 마감하였습니다.

표범을 기르고 있습니다.

옥상 물놀이. 풋코의 자태가 요염하죠.

어느 캠핑 기피 만화가의
캠핑 기피 실패 수기

캠핑을 싫어한다.

그런데 어느 날
정신을 차려보니
바닷가 텐트 안에
개들이랑 누워 있었다.

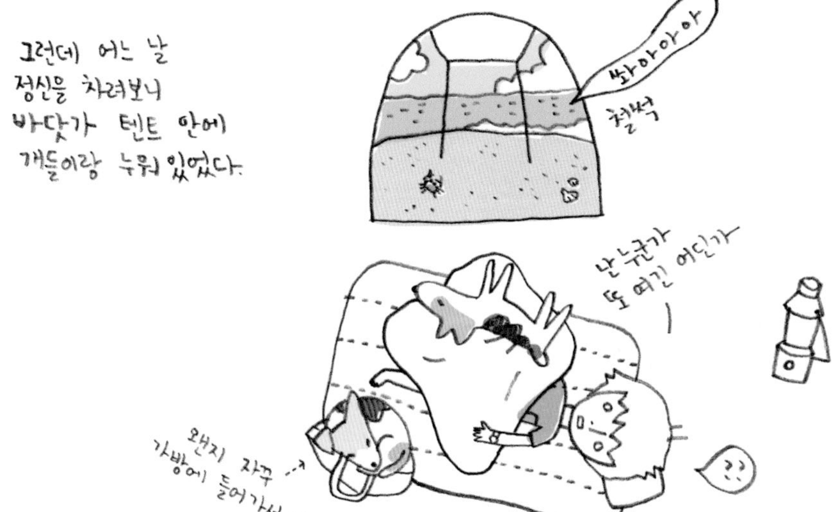

막상 해보니까 의외로 좋았다든가 하는 식은 결단코 아니고,
극단적으로 좋은 부분과 역시나 싫은 부분으로 구성된
놀이인 것 같다.

① 좋은 부분: 바다 개 수영, 대자연 감상

② 싫은 부분: 그 외 전부.

대이작도 작은풀안 해변.
여름휴가철을 살짝 피하면 여러모로 평화롭습니다.

해변 앞 모래섬 풀등에 가기 위해 배를 탔어요.
멍멍이도 태워주셔서 감사합니다.

용맹하게 헤엄쳐 온 노고에 보답하기 위해 풋코를 업고 수영. 개의 발톱이 등가죽을 파고듭니다.

캠핑 시작 이틀 후, 마침내 풋코의 체력이 소진되었어요. 집 밖에서 누운 건 이 순간이 견생 최초.

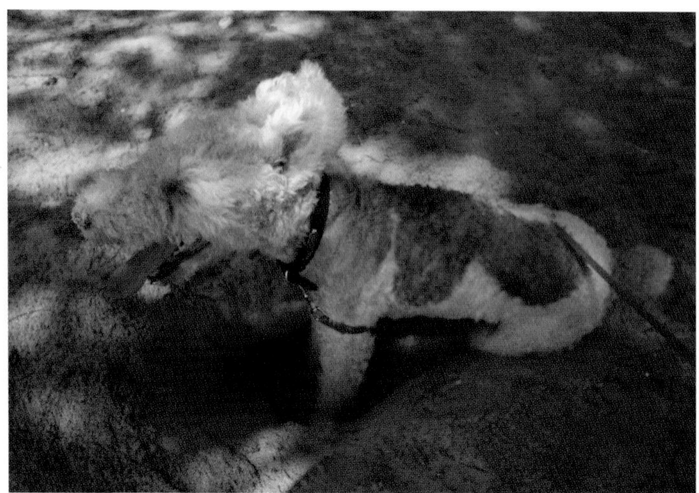

부아산의 풋코.

대이작도 부아산에서 바라본 소이작도와 석양.

어느 캠핑 기피 만화가의
캠핑 기피 실패 수기 2

어쩌다 일이 이 지경이 되었나 돌이켜보면,
모든 건 개를 물에 넣고 싶은
나의 오랜 욕망 때문이었던 것 같다.

② 양평 작은 계곡 근처
개동반 가능한 펜션
캬캬캭
모터보트 같구나!!!

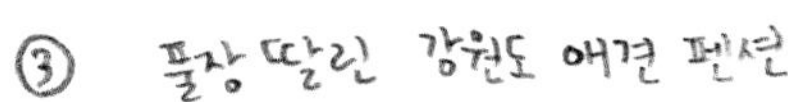
③ 풀장 딸린 강원도 애견 펜션

우하하하
개헤엄 승부닷!!!

④ 기왕 강원도 간 김에
경포대 해수욕 시도
역시 바다가 좋구나!
쏴아아
철썩

⑤ 음, 텐트만 있으면
바닷가에서 먹고 자면서
며칠이고 수영할 텐데…

쏴아아아
철썩
난 누군가
또 여긴 어딘가
그리하여 오늘도 이렇게
가산을 탕진하고 있다.
아무래도 텐트를
좀 좋은 걸로
바꿔야겠는데…
엇? 요 의자가 내 거보다
훨씬 예쁘잖아?
근데 이거 사면
테이블도 바꿔야
어울릴 듯?
아, 캠핑카
사고 싶다!
zzzz
zzzz

인간과는 달리 캠핑에 금방 적응한 개들.

아침 바다 감상 중.

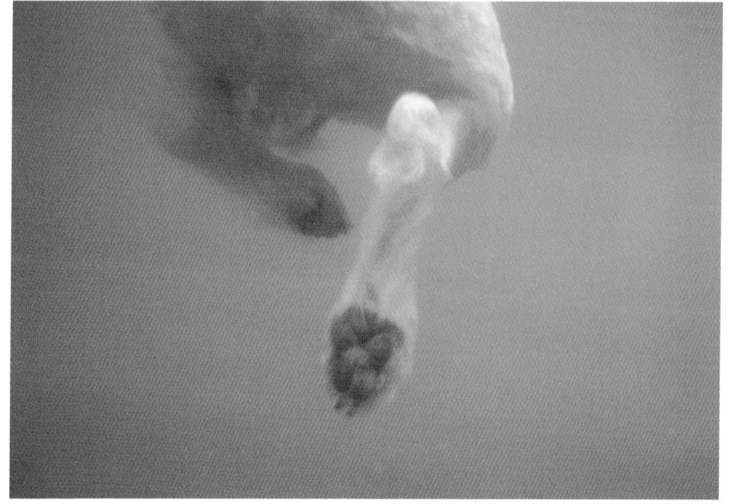

풀등은 아무 때나 볼 수 있는 게 아니야.
간조 때만 나타난단다,
라고 설명했지만 개들은 귀 기울여주지 않았습니다.

대인배

개들의 사회참여의식 고취를 위해
광화문 촛불집회에 데려갔다가

풋코가 취객에게
구타당했다.

몹시 곡상했던 나와는 달리
개들은 대범하게 대처했다.

지켜보고 있다.

지켜보고 있다고.

마음에 드는 양철 상자를 샀어요. 풋코도 마음에 들어 해서 저는 한동안 쓸 수가 없었습니다.

초연한 모습.
스스로 가방에 들어갈 때 이미 이런 운명을 알고 있었구나.

표범 사냥 중.

세탁 세제와 개 샴푸 중 어느 쪽을 넣어드릴까요, 고객님?

따라 나온 줄 모르고 문을 닫고 들어왔어요.
미안.

독서의 바른 자세.

감시자들.

개 나오는 TV 좋아하는 개.

근무 중 이상 무 1.

조변석개

도심 번화가에서
개 옷을 파는 노점은
무엇을 기다리나?

이 동네에서
갑자기 저런 걸
누가 산단
말인가…

게다가
전혀 안 예뻐.

역시 그건
술 취한 개 보호자이다.

다음 날.

하지만 아무래도 술을 마시면
눈이 너그러워지고, 웬만한 건 다
아름다워 보이는 것이다.

다짐을 해도
자꾸만 이래요.

숙면과 멜라토닌의 활발한 분비를 위해 안대 제공.
납득해주지 않았습니다.

씩씩함을 얻고 미모를 잃었습니다.

어쩐지 분홍색이 잘 어울리죠.

현란한 코스튬 플레이.

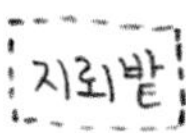
지뢰밭

헥헥헥
헥헥
…?
킁킁
킁킁킁
킁킁킁
킁킁킁
으악!
안돼!!
켁!!
훅

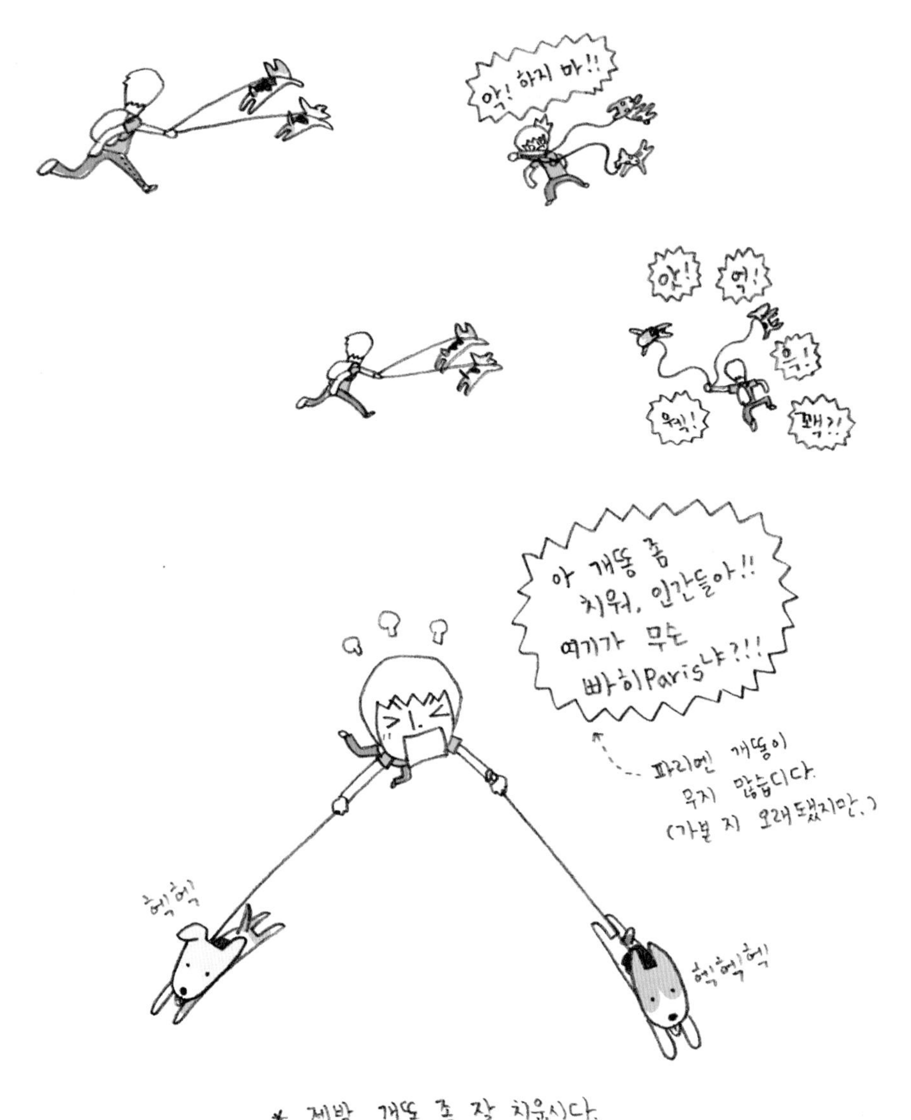

* 제발 개똥 좀 잘 치웁시다.
다음에 거기 또 산책 가야 되잖아요?

여름.

풋코게 제일 좋아하는 장난감 수선 중. 오매불망 기다리는 통에 바느질하는 손이 초조했어요.

전지적 개 작가 시점.

의자 라이딩.

주정뱅이.

담요 안에 소리가 들어 있다는 사실을 풋코는 한참 뒤에야 깨달았습니다.

토끼풀에 다이빙.

아늑합니다.

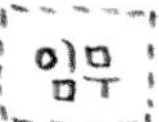
임무

그르르르르
그르르르

!!
르르르
그르르르르

우리는 동네
개똥 감시반.

근무 중 이상 무 2.

간식 좀 먹고 갑시다.

한강 둔치에서 친구들과 산책. 손이 많으니 편리합니다.

늦은 밤, 잠수교.

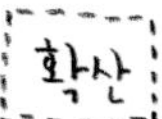

2010년 늦가을 무렵, 고기를 그만 먹기로 했다.

그저 유난 떠는 짓쯤으로 보는 시각이 여전히 남아 있지만, 실은 현대 문명사회에서 인간이 육식을 줄여야 하는 이유는 매우 다양하고도 분명하다.

① 지구 환경: 온난화의 주범인 온실가스 중 축산업에서 발생하는 양이 교통수단에서 발생하는 양보다 훨씬 많다.

② 동물 복지: 대자연 속에서 제 삶을 살다가 고기가 된 옛 동물들과 달리 현대 축산업 하의 동물들은 오로지 고기가 되기 위해 비인도적으로 사육되고 유년기~청소년기에 모두 도살된다.

③ 자원 배분:
소의 사육을 위해 전 세계 토지의 24%, 곡물의 1/3이 쓰이는데 이를 직접 식량으로 전환하면 기아문제를 해결하고도 남는다.

그러나 무엇보다도,
개와 고양이의 생명을 소중히 여기면서
소와 돼지와 닭의 생명에 대해 관심을
가지지 않는 건 어딘가 어색한 일이란 생각이
점점 커져 더 이상 회피할 수가 없었다.

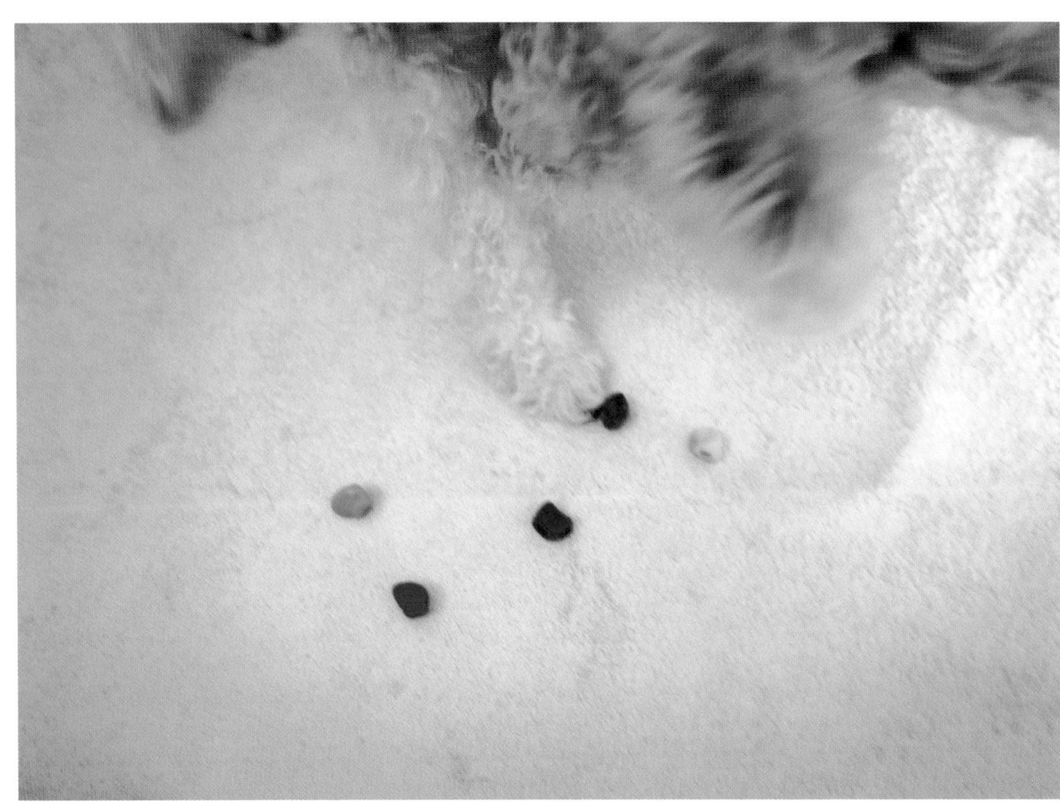

신들린 발놀림의 공기놀이. 순 엉터리입니다.

차원 이동 중.

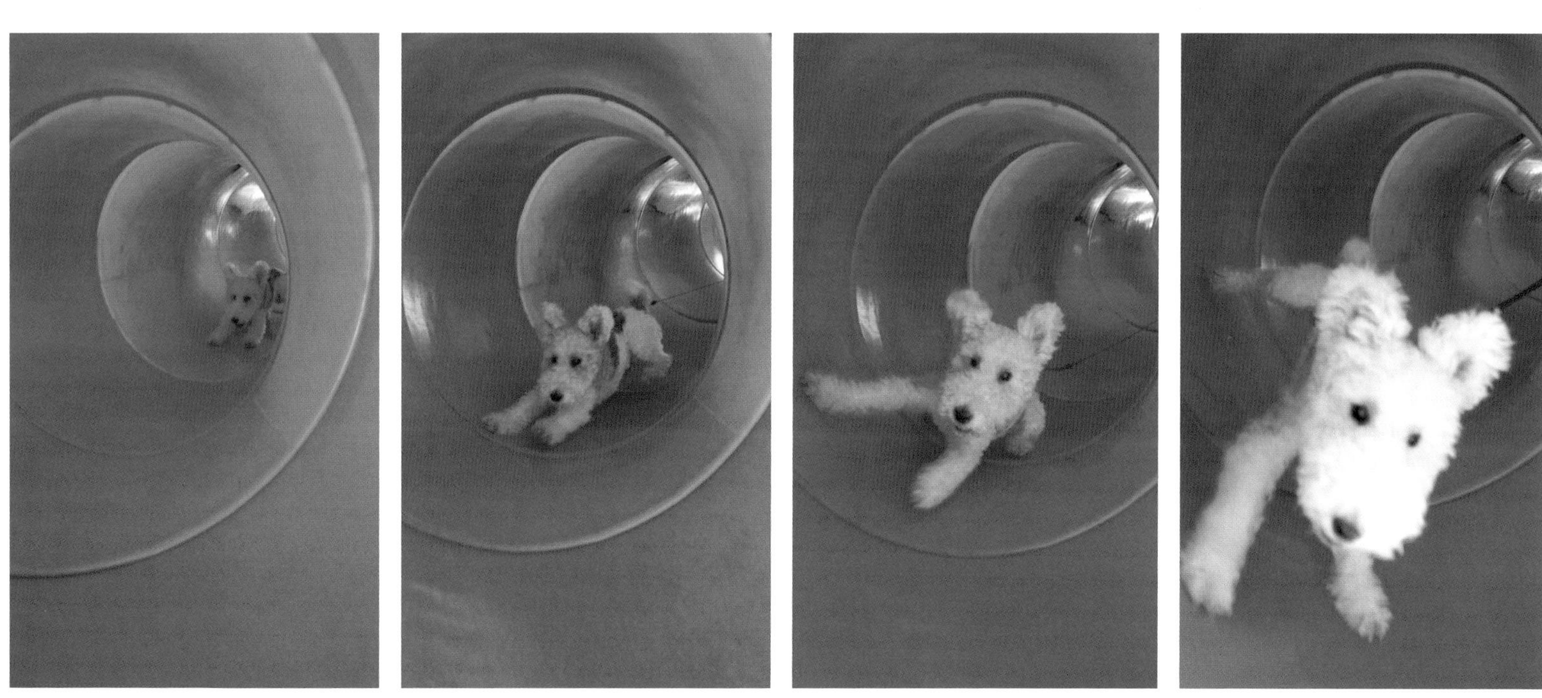

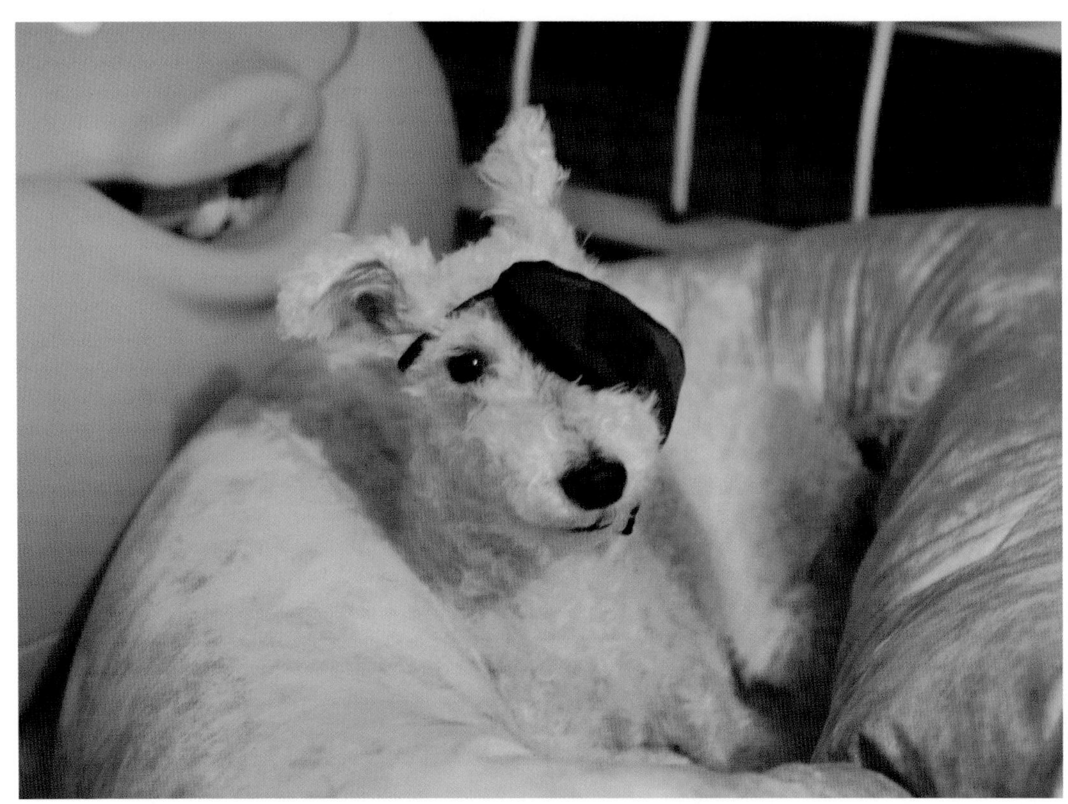

숙면과 멜라토닌 분비에 격렬히 저항한 결과.

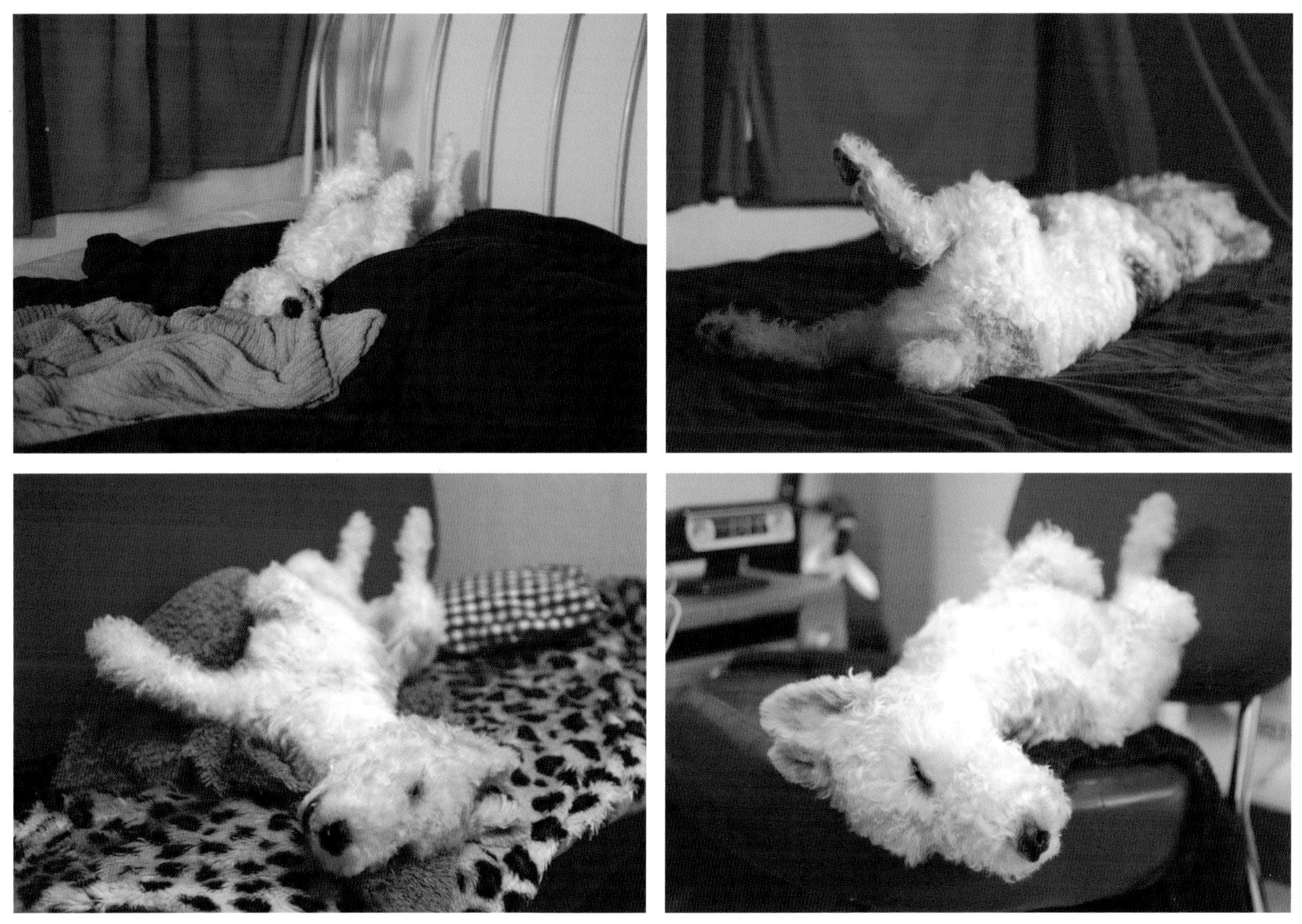

어딘가 한결같은 풋코의 수면 스타일.

풋코가 아팠어요. 죽을 끓여 대령했습니다.

짖기와 뒷발 차기로 바깥세상과 교신 중.

바구니에 대한 집착.

풋코를 소파에 묻어보았습니다. 소리는 큰 흥미를 느꼈어요.

덥썩. 꽃을 좋아하는 개입니다.

소리 생일 파티 중에 일어난 일.

창밖을 구경 중이던 풋코가 갑자기 깜짝 놀라며 으르렁댔어요. 내다 보니 빨래 건조대가 바람에 쓰러져 있었습니다.

물건 꺼내는 데 몹시 방해가 됩니다.

도우미

지루한 가사노동을 할 때,
개가 나를 봐주면
어쩐지 심심하지가 않다.

그러다가 걔가 가버리면
섭섭하고 심심해진다.

노래하게 이것 좀 돌려봐요.

오오우우우우우-
(화려한 배경은 우연의 일치)

노래하게 이것 좀 돌려보라고요.

아이패드쯤이야 직접 연주하면서 노래해드리지.

여기 있던 노래 친구는 어디 갔소.

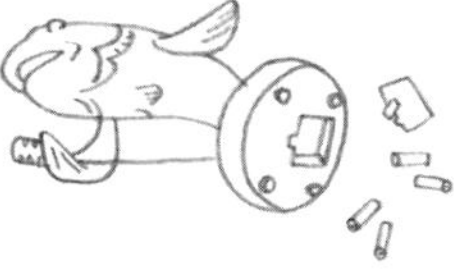

오디오 세탁기 삽니다~
고장난 중고가전 무료로 수거해드립니다~
전화번호는 010~

풋코가 제일 좋아하는 취미활동은 노래하기입니다.
선호하는 반주는 오르골 소리, 물고기 인형 빌리 배스의 노래,
트럭 행상 확성기 소리, 휴대전화 벨소리 등등.

대자연

이 단어에는
어떤 자연의 무심한 아름다움 같은 게
깃들어 있는 것이다.

하지만 너
멍멍이라고는
부르던데.
움찔
만화를 본
친구의 반응

그건 달라.
강쥐, 아가, 아이
등등은 '개'라는
단어를 회피하는 용어.
'멍멍이'는
그렇지 않지.
궁수하다!
흐음…

실패

개를 충분히 운동시킵니다. (O)

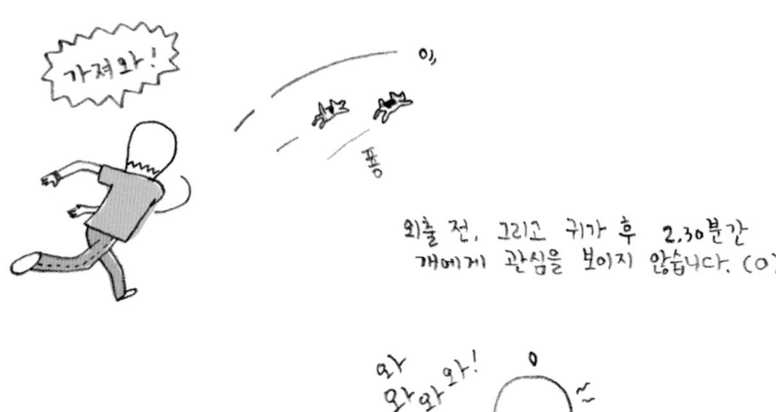

외출 전, 그리고 귀가 후 2,30분간
개에게 관심을 보이지 않습니다. (O)

교육을 통해
기다리는 법을 가르칩니다. (O)

보호자가 나가고 들어오는 일에 둔감해지도록 다양한 변화를 줍니다. (△)

개가 조를 때 요구를 들어주지 않고, 반드시 보호자의 의사에 의해서만 놀아주거나 음식을 줍니다. (X)

침대에서 함께 자지 않고,
무릎에 올려놓지 않으며,
무절제한 애정표현은 삼갑니다. (X)

그리하여 우리는,
오늘도 좀 힘들다.

집을 비운 사이 두루마리 휴지를 스무 개쯤 찢어놓았어요.

집을 비운 사이 냉장고 탈취용 숯과 재활용 쓰레기를 박살내놓았습니다.

집을 비운 사이 사인펜을 물어뜯었어요. 초보 보호자 시절 멋모르고 개들을 혼내곤 했는데, 반성하고 또 반성합니다.

화려합니다.

개구집니다.

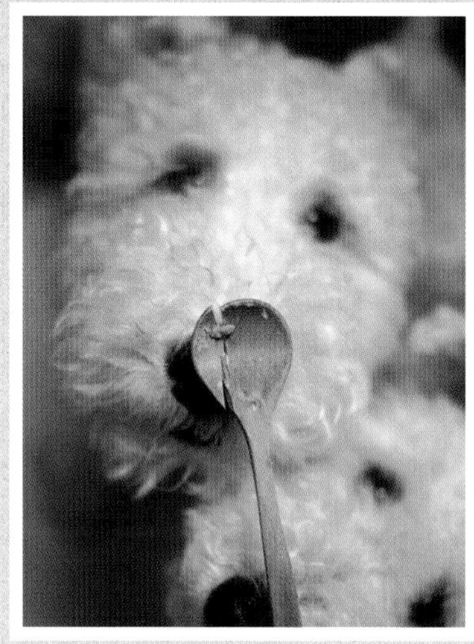

과격합니다.

수납이 용이합니다.

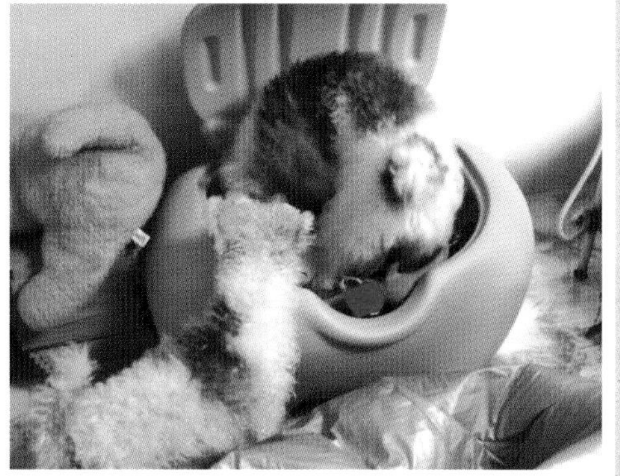

도벽이 있습니다.

풋코답지 않게 점잖은 인사. 어린이에 대한 배려였으려나.

풋코는 사모예드 소녀의 머리핀이 궁금했습니다.
사모예드 소녀는 조금 의외라고 생각한 것 같아요.

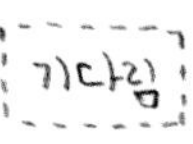

멀리 여행을 갈 때면 개들을
위탁시설에 맡긴다.

그런데 그런 일이 반복되자,
개들에게서 어떤 경향이
드러나는 것이었다.

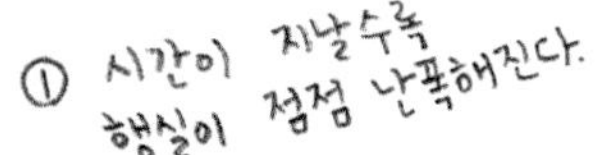

② 번번이 풋코는 앙상해지고
소리는 빵빵해져서
온다.

여행에서 돌아와
개들을 집에 데려오면, 웬일인지
며칠 동안은 나를
데면데면하게 대하면서
쿨쿨 수면을 취한다.

* 일주일쯤 지나면
원래 상태로 회복

사람이든 개든
끝이 언제인지
알지 못하는 기다림이란
몹시 적막한 일인 것이다.

'기다려'와 '엎드려' 대혼동.

다리 아래서 헤엄치는 오리들이 예뻤어요. 풋코는 보고 싶지 않다고 했습니다.

가을, 탄천 생태공원.

가을, 분당 중앙공원.

응원

남의 집 개의 장수 소식을 들으면
마치 내 일처럼 반갑다.

그리고 아무 연관이 없는 줄
뻔히 알면서도, 덩달아
우리 개도 오래 살 거라는 확신에
사로잡히는 것이다.

나도 기필코 우리 개들을 장수시켜서
다른 반려동물 가정에 힘이 되고야 말겠다.

피크닉 매트를 빨아 널었습니다. 빨래 애호가 출동.

커튼을 빨아 널었어요. 애호가 상시 대기 중.

호빵 드세요.

요구사항이 있어요.

털 깊이 무려 6cm, 털 무게로 귀도 처졌어요.
이 순 공갈빵아.

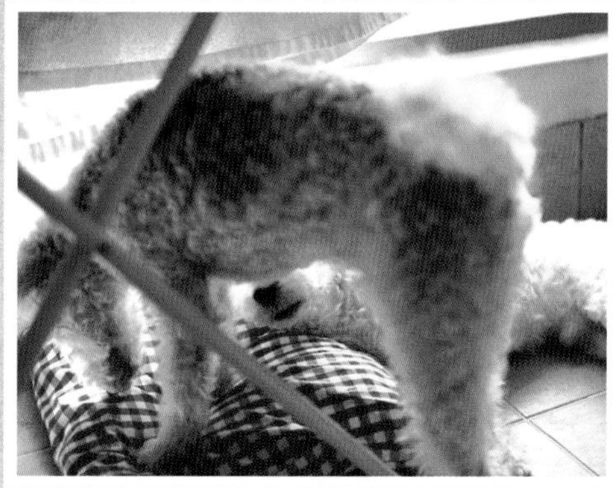

풋코가 사용 중인 방석을 접수하기로 한 소리입니다.

검은 기운이 느껴져 고개를 들어보니.

장난감을 세탁하고 건조했더니 그 속에 든 곡물이 익어버렸어요.
좋아하는 장난감에서 나는 낯선 향기를 음미, 또 음미.

야수 vs 공룡

눈을 던졌는데 털지 않으면 던진 쪽이 몹시
미안해집니다.

넌 4,50년이나
산다며?
비결이 뭐니.
얻다 대고
반말이야.
거위

크리스마스 촬영은 연례 행사. 코스튬이 모자라 개연성 없는 것까지 쓰고 말았습니다.

개들에게 크리스마스란 불편한 의상을 입고 잠시 가만히 있는 대가로 특식을 얻어먹는,
조금은 어리둥절한 거래.

거 이 정도 했으면 야근 수당 좀 내놓읍시다.

겨울.

미러볼을 달았습니다.

다리에 눈덩이가 송글송글. 더는 못 걷겠으니 날 안고 가시라.

이사

10년간 살던 집에서
좀 멀리 이사를
가보기로 했다.
내가 좋은 곳을 봐뒀다.
에헴
풋코! 얼마 동안 집에 가자고 보챌 거니?
미친 개처럼 뛰어다니다가도 밤이 되면 집에 가자고 조르는 개
내게도
짧지 않은 시간이었지만,
개들의 입장에선
평생을 보낸 유일한 집을
떠나는 일이었다.
* 마지막 동네 산책 날, 눈이 많이 쌓여 있었어요.
낯선 곳에서도 잘 자는 개

이사 날, 냉장고를 치웠더니
개들의 분실물이 우르르 나왔다.

그리워도 다시는
이곳에 들어와 볼 수 없다는 사실이
몹시 낯설고
서운하게 느껴졌다.

만지작

그 집에
이런 계단은
없단다.

새 집. 손님 놀이.

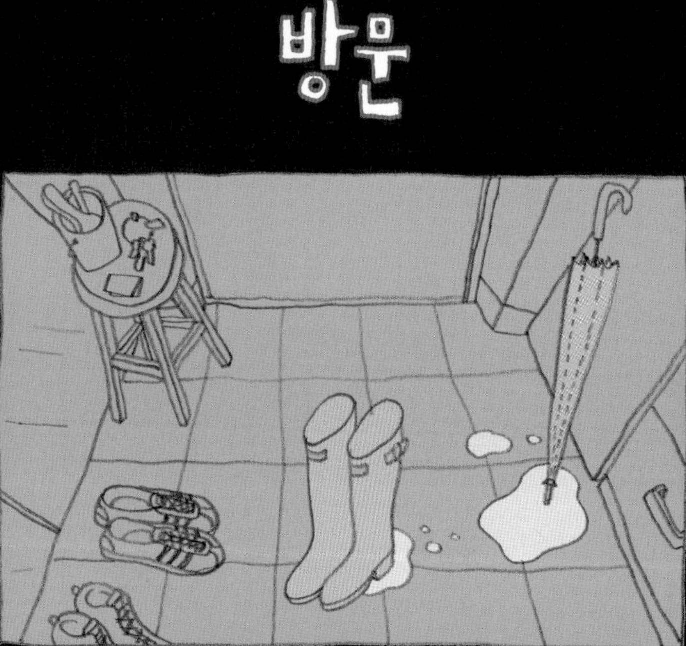
방문

결혼한 적이 있어요.
네에?!
덜그럭
실망! 어떻게 그럴 수가?!
속았어!

쏴아아아아아아아
발연기
하하하
농담!
그랬군요.
우, 차가워
안녕하세요, 별다방 입니다
아이는요? 있어요?
…아뇨
근데
?
뒤적 뒤적

쏴아아아 아아아
우르릉
콰광

삑
삑삑삑
쏴아아
띠리링

철컥

후다닥

단비,
나 왔…
다다다다

다다다다다 다
덥썩
와악!!
쿵
끙끙끙
음, 그랬어? 무서웠어?
할트 할트
바들 바들 바들
괜찮아. 이제 괜찮아.
왜 이제 와!
빨리 좀 와달라니깐…
어떻게 더 빨리 오냐? 퇴근시간에 광화문에서 여기가 어딘데!
바들 바들
끙끙끙
click
click
click
ctrl+c
ctrl+v

그응
펄쩍
퍽
어맛?
콰당
척
빙그르르
헥헥
헥
부들
부들
오드득 와삭
오드득 와삭
냠냠냠
왕가네 김밥 아닌가 봐? 좀 맛없네.
탁탁탁
저 싸가지!

헥헥
단비, 우리 집에 갈래? 나랑 살고 싶지?
끄응
거 또 말 안되는 소리 하네.
click click
회사는 어쩌고 너랑 살아? 개 심심해!
나랑 단비랑 진지하게 대화하는데 끼어들지 말지?
말도 안되는 얘길 자꾸 하니까 그렇지!
타탁
그리구 나 이거 헷갈리는 작업이니까 이제 좀 조용히 해줄래?
헥 헥 헥
기껏 왔더니…
크르릉
니가 제일 말 많거든!
click click
탁타탁
타탁

click
밥은?
안 먹었지?
잘 있었어, 단비?
아, 미치겠다. 이거 오늘 시안 넘겨야 되는데 천둥 친다고 단비는 계속 안절부절 하고…
헉 헉 헉
그럴 땐 또 나한테는 오지도 않잖아.
ctrl+shift +I
타닥 탁탁
그치, 단비? 내가 믿음직하지? 쟤 왠지 못 미덥지?
이간질 하지 마!
사실인 걸 어떡해? ㅋㅋㅋ 그치, 단비~
좀 먹으면서 하든가.
햄 빼달랬어?
쿵 쿵쿵
당근
우르르르릉
번쩍
콰과과광
화들짝

여기 봐,
단비!
여기, 여기~

번쩍

헥헥헥

콰콰콰쾅

고으응

찰칵

쏴아아아아아아아아아아

아이는 없는데
개가 한 마리
있어요.

둘이 같이
키우는.

개를 둘러싼 모험

솨아아아
후드득
헥
헥
헥
헥
응,
아냐, 아냐,
아가.
괜찮아,
괜찮아.

보목의원
어이쿠,
이번엔 많이
안 다치셨네요?
겨우 다섯
바늘만 꿰매면
되겠어요.
…….
선생님은
아무 말씀
안 하세요?
아야
응?
무슨 말
할까요?
걔들
구조하는 것도
좋지만 너 자신부터
좀 돌봐라,
뭐 그런 얘기요.
아하
ㅋㅋㅋ

잠깐
말 시키지
말아 봐요.
반창고
이쁘게 붙이고
싶으니까.
찌익
요길 요롷게 하고
요롷게…
근데 그런 말
하는 사람이
있어요?
우리 수인 님
남의 말 듣는
사람 아닌데
잘 모르시네~
…….
다 했어요!
파상풍이랑 항생제 주사
맞고 가시고요,
당분간
…
만약
선생님 연인이
저처럼 살고 있다면
뭐라고
하시겠어요?
에?
음….

뭐…
그렇게 사는 게
행복하면 그렇게
살라고 하겠죠?
쭈욱—
근데 만약…
개들을위해서
하긴 하는데
행복하지가
않다.
개들을 위해서
내 삶은 그냥
갈아 넣을 뿐이다,
그런 기분
이라면
따끔
합니다—
그 일은 잠깐
내버려두고
바다로
헤엄치러 가자고
하겠어요.
쏴아아아아
제 연인
이잖아요.
가끔은
행복했으면
좋겠어요.

보그르르르르
달그락
행복이 뭔데요?
행복….
음… 내가 사랑하는 존재가 행복해 하는 걸 보는 거?
쏴아아아아
쏴아아아아

솨아아아
솨아아
붕붕붕
붕 붕

쏴아아아아아아

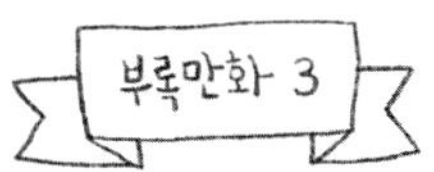

안녕? 안녕,

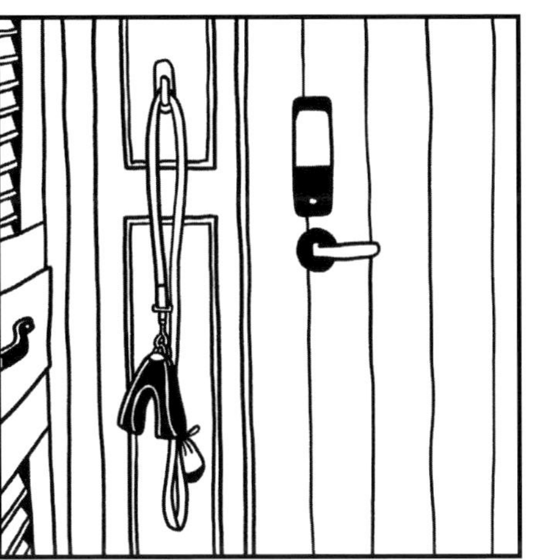

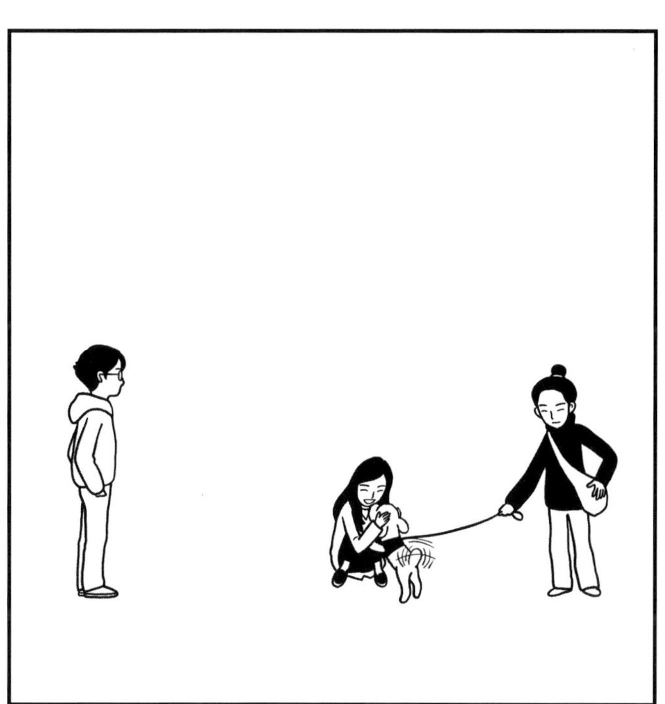

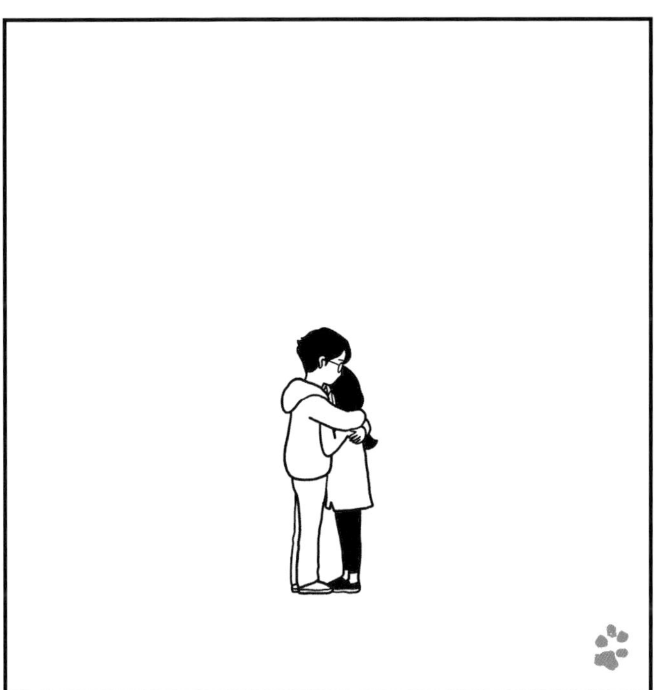

다시, 개를 그리다

초판 1쇄 발행 2023년 8월 8일

지은이 정우열
펴낸이 김영신
미디어사업팀장 이수정
편집 이소현 강경선 조민선
디자인 반짝이는순간

펴낸곳 (주)동그람이
주소 서울특별시 마포구 성미산로 183, 1층
전화 02-724-2794
팩스 02-724-2797
출판등록 2018년 12월 10일 제 2018-000144호

979-11-978921-7-2 03810

naver.com/animalandhuman
com/animalandhuman
aver.com
al
ial

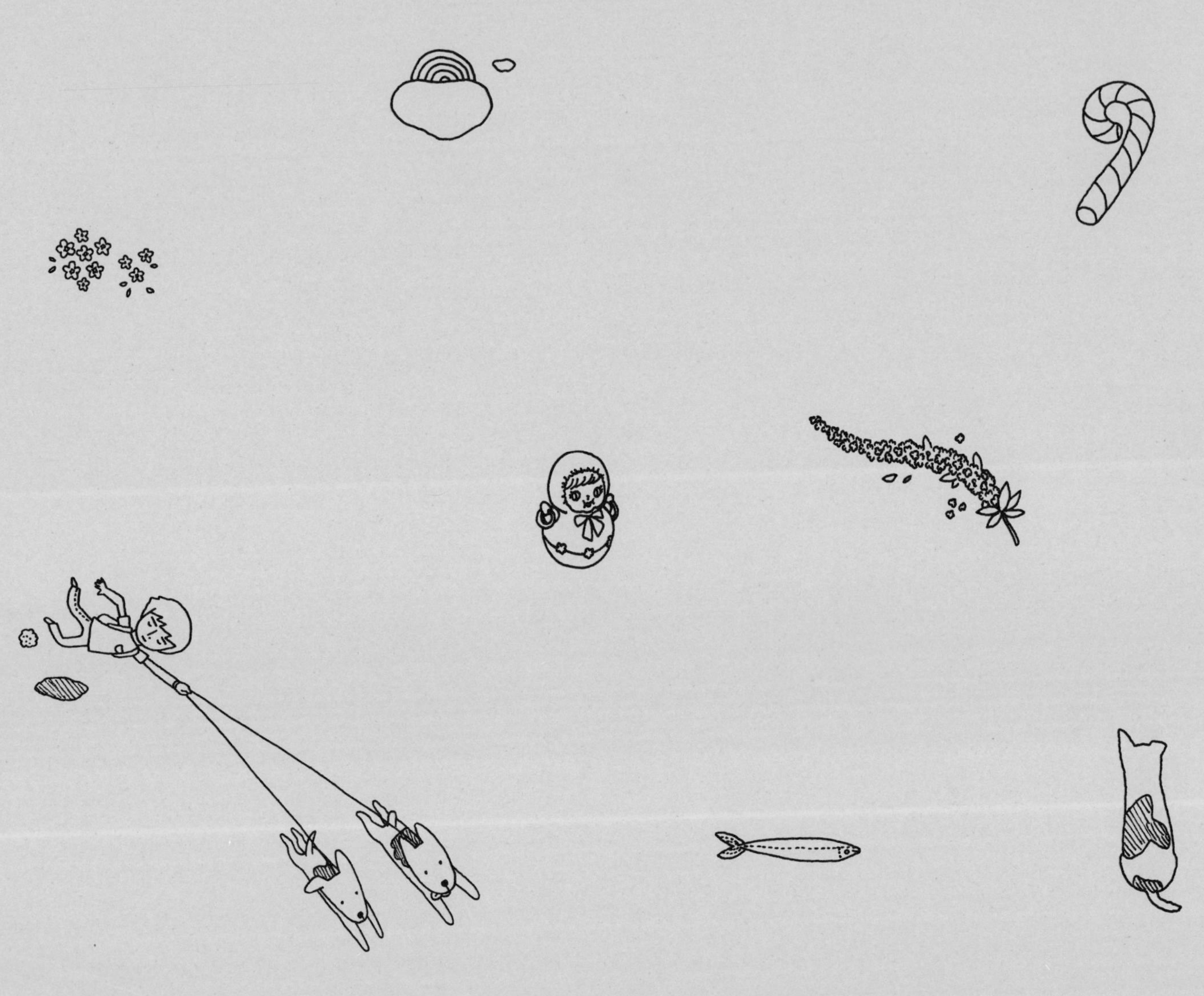